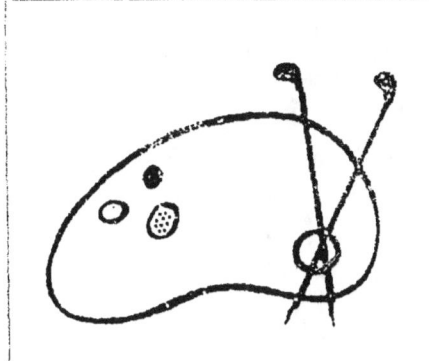

Début d'une série de documents
en couleur

COUVERTURES SUPERIEURE ET INFERIEURE D'IMPRIMEUR

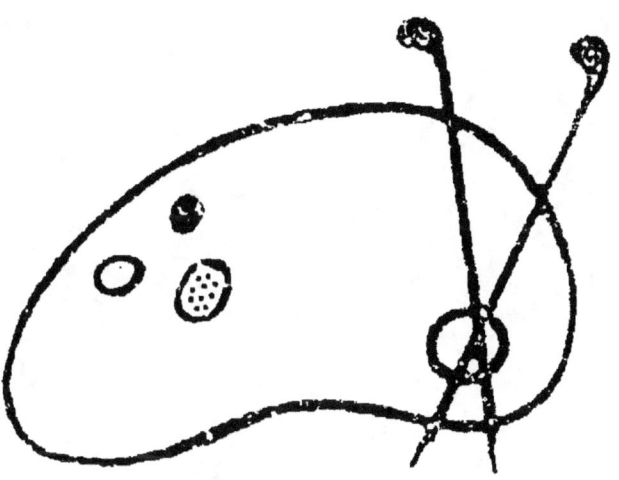

Fin d'une série de documents
en couleur

EUDOXIE

OU L'ORGUEIL PERMIS

4ᵉ SÉRIE IN-8ᵒ.

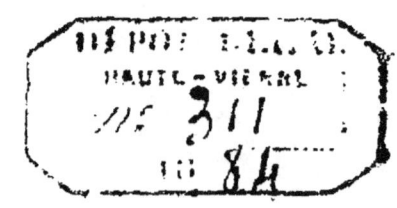

MADAME GUIZOT

EUDOXIE

ou

L'ORGUEIL PERMIS

EDITION REVUE.

LIMOGES

EUGÈNE ARDANT et Cie, ÉDITEURS.

EUDOXIE

ou

L'ORGUEIL PERMIS

———◦◦◆◦◦———

Madame d'Aubonne voyait sa fille Eudoxie, âgée d'environ treize ans, croître tous les jours en raison, en intelligence, en bonnes dispositions de tout genre; c'était avec le sentiment d'un bonheur profond qu'elle découvrait en elle le germe et l'espérance de toutes les vertus. Il manquait seulement à Eudoxie de savoir que les vertus nous ont été données pour notre usage, et non pour nous servir à juger la conduite des autres. L'amour sincère qu'elle avait pour ce qui était bien, l'application qu'elle mettait à faire toujours ce qu'elle croyait le mieux, la disposait à blâmer sévèrement leurs fautes et à exiger d'eux une rectitude égale à celle qu'elle portait dans toutes ses actions.

Quoiqu'Eudoxie fût trop réservée et même trop timide pour faire part de ses jugements à aucune autre personne qu'à sa mère, à qui elle disait tout, et qui avait aussi en elle une confiance parfaite, cependant madame d'Aubonne combattait avec soin cette disposition de sa fille; car elle savait qu'il ne suffit pas de veiller sur ses paroles, qu'il faut encore régler ses pensées; et celles d'Eudoxie, à cet égard, ne lui paraissaient ni justes ni raisonnables. Elle avait eu cependant peu d'occasions de l'en reprendre; car, à l'exception de sa cousine Constance, beaucoup plus jeune qu'elle, et qu'elle aimait beaucoup, ce qui la rendait plus indulgente, Eudoxie ne voyait guère que des personnes plus âgées, et qu'elle ne pouvait se trouver dans le cas de censurer.

Madame d'Aubonne avait passé plusieurs années en province à soigner son père malade: ayant eu le malheur de le perdre, elle était revenue à Paris, d'où elle alla passer deux mois à Romecourt, chez madame de Rivry, une ancienne amie, qui avait avec elle sa fille Julie, qu'Eudoxie connaissait à peine, ne l'ayant pas vue depuis six ans.

Madame d'Aubonne trouva à Romecourt madame de Croissy, sa tante, qui devait y passer le même temps qu'elle. Madame de Croissy élevait ses deux petites-filles, Adèle et Honorine, qu'Eudoxie, quoiqu'elles fussent ses cousines, ne connaissait pas plus que Julie. Sa timidité lui fit donc voir avec beaucoup d'effroi cette société nouvelle, d'autant plus que les trois autres jeunes personnes, bien qu'elles fussent environ de son âge, étaient loin de se montrer aussi raisonnables qu'elle.

Julie, assez bonne enfant dans le fond, mais très-gâtée par sa mère, lui répondait quelquefois avec une impertinence qui faisait hausser les épaules à tous ceux qui se trouvaient présents. Adèle regardait un mensonge comme la chose du monde la plus simple; elle mentait pour rire, mentait sérieusement, mentait presque au moment où on pouvait la convaincre de la fausseté de ce qu'elle disait.

Quant à Honorine, c'était un vrai cheval

échappé, sans maintien, sans réflexion, ne concevant pas que sa fantaisie du moment pût trouver un obstacle, ni que la chose qui lui plaisait pût avoir le moindre inconvénient. Madame de Croissy s'occupait fort peu de leur éducation : pourvu qu'elles ne fissent pas de bruit et ne se mêlassent pas de la conversation, elle trouvait que des filles étaient toujours assez bien élevées; aussi les laissait-elle fort habituellement avec ses femmes, et s'impatientait beaucoup de ce qu'à Romecourt on les faisait presque toujours tenir dans le salon, parce qu'Eudoxie et Julie quittaient fort peu leurs mères.

Ce régime déplaisait également aux deux jeunes personnes, fort peu accoutumées à leur grand'mère, qui, lorsqu'elles étaient avec elle, ne s'en occupait que pour leur dire de se tenir droites toutes les fois qu'elle y pensait, et de se taire toutes les fois que leur voix s'élevait au-dessus du chuchotement. Elles auraient bien voulu qu'on les laissât aller avec les femmes de leur grand'mère, au milieu desquelles elles avaient habitude de vivre, pourvu toutefois qu'on leur eût permis d'emmener Julie, car, pour Eudoxie, elles s'en souciaient fort peu.

Il est vrai qu'elle n'avait pas été très-aimable avec elles; tout effarouchée de leur défaut d'obéissance, de leur ton de moquerie auquel elle n'était pas accoutumée, confondue de ce qu'elles ne connaissaient presque aucun des principes qu'on l'avait habituée depuis son enfance à respecter, elle rougissait jusqu'au blanc des yeux quand elle voyait Honorine lire sans scrupule une lettre qu'elle trouvait ouverte, jouer avec le fils du jardinier, et se tenir à une grille du parc qui donnait sur le chemin, pour causer avec les petits garçons et les petites filles du village; elle tremblait quand elle voyait Adèle tout auprès de sa grand'mère, et presque sous ses lunettes, couper l'aiguillée qu'elle devait faire à sa tapisserie, pour la raccourcir et dire que sa tâche était finie; enfin, elle ne pouvait revenir de sa surprise de ce que le moment où Julie venait de recevoir un ordre de sa mère était précisément celui qu'elle choisissait pour faire le contraire. Elle se croyait alors transportée dans un monde nouveau où tout était étranger pour elle, où tout lui paraissait incompréhensible : évitant de parler à ses compagnes, à qui elle n'avait rien à dire qui pût être de leur goût, à qui elle n'aurait su que répondre si elles lui eussent parlé, elle les quittait le plus tôt qu'elle pouvait, pour aller se réfugier auprès de sa mère.

Les autres voyaient bien qu'Eudoxie, quoiqu'elle ne leur dît rien, ne les approuvait pas; aussi elles se trouvaient peu à leur aise avec elle, et n'étaient nullement contentes lorsque madame d'Aubonne, qui voulait qu'elle s'accoutumât à vivre avec les autres, à se plier à leurs manières et à supporter leurs défauts, la renvoyait partager leurs amusements et leurs conversations.

Eudoxie ne plaisait pas non plus à madame de Croissy, dont les principes d'éducation ne ressemblaient guère à ceux de madame d'Aubonne, et dont les petites-filles ne ressemblaient pas à sa fille. Comme madame de Croissy était sœur du père de madame d'Aubonne, elle avait été, sans ses petites-filles, le voir peu de temps avant sa mort, et avait vu Eudoxie, dont tout le monde, dans le pays qu'habitait madame d'Aubonne, lui avait vanté les bonnes qualités et les heureuses dispositions. Comme elle n'en avait jamais entendu dire autant de ses petites-filles, cela lui avait donné de l'humeur; elle avait trouvé d'ailleurs que madame d'Aubonne causait beaucoup trop avec sa fille, lui parlait trop raison, s'en occupait beaucoup trop, quoique ce ne fût jamais aux dépens des autres; en sorte qu'elle avait dit à tout le monde et qu'elle était revenue persuadée que madame d'Aubonne ne ferait jamais de ce petit prodige qu'une petite pédante.

Son humeur avait redoublé depuis qu'elle était à la campagne, par le contraste frappant qu'offrait la conduite d'Eudoxie avec celle de ses cousines; aussi, en sa qualité de grand'-tante, la contrariait-elle perpétuellement, soit d'une manière directe, soit par des allusions détournées. Ses regards, à chaque instant portés sur elle, semblaient surveiller et prêts à saisir au passage les fautes légères qui auraient pu lui échapper, et elle ne l'appelait jamais que *mademoiselle Eudoxie*. Eudoxie se serait donc trouvée bien peu heureuse à la campa-

gne, sans le bonheur qu'elle éprouvait à causer avec sa mère, qui lui parlait comme à une
personne raisonnable, et qui même, quand elle
avait à la reprendre, ne lui cachait rien de son
affection, et l'on peut dire de son estime; car,
sauf le défaut d'indulgence, qui gâtait un peu
ses bonnes qualités, Eudoxie méritait toute
l'estime qu'on peut mériter à son âge.

Un matin, les quatre jeunes personnes tra-
vaillaient dans le salon. Eudoxie, auprès de sa
mère, s'occupait avec application de son ouvrage; les trois autres, réunies dans un coin,
causaient, riaient en dessous, laissaient tomber
leur ouvrage, oubliaient de le ramasser, ne
faisaient pas trois points de suite; et si on leur
disait de travailler, elles ne s'y remettaient que
pour un moment, avec toute la langueur et
tous les signes de l'ennui. Eudoxie de temps
en temps les regardait, puis regardait sa mère
d'un air qui exprimait assez ses sentiments.
Madame de Croissy surprit un de ces regards,
qui reporta les siens sur ses petites-filles.

— Ayez donc la bonté de travailler, mesdemoiselles, leur dit-elle fort aigrement; ne
voyez-vous pas combien vous scandalisez mademoiselle Eudoxie?

Adèle et Honorine firent semblant de reprendre leur ouvrage ; pour Eudoxie, toute confuse, elle baissa les yeux sur le sien, sans oser les relever tant qu'elle demeura dans le salon. Quand elles furent rentrées chez elles, madame d'Aubonne lui dit :

— Tu étais bien occupée de ces demoiselles ?

— Oh ! maman, c'est qu'elles étaient bien déraisonnables.

— Et les choses ou les personnes déraisonnables te font donc plaisir à voir ?

— Bien au contraire, maman, je vous assure.

— Penses-y, ma fille, ce ne peut pas être *bien au contraire*, car elles t'ont fait lever plus de quinze fois les yeux de dessus ton ouvrage, que je sais cependant qui t'amuse.

— Maman, je vous assure pourtant que ce n'était pas du plaisir que je sentais.

— C'était au moins un grand intérêt, et cet intérêt ne venait-il pas de la satisfaction que tu éprouvais à les voir moins raisonnables que toi ?

— Ah ! maman !

— Allons, mon Eudoxie, c'est pour examiner ses mauvais sentiments qu'il faut avoir du courage, les bons ne sont pas difficiles à découvrir. Demande franchement à ta conscience ce qu'elle en pense.

— Maman, dit Eudoxie un peu confuse, je vous assure que je n'avais pas pensé d'abord que ce fût cela.

— Je le crois, mon enfant; c'est un sentiment qui vient sans qu'on s'en aperçoive. Beaucoup de gens l'ont comme toi, et s'imaginent que les mauvaises actions des autres augmentent le mérite des leurs. Mais dis-moi, mon Eudoxie, n'y aurait-il pas encore plus de plaisir à être supérieure à ces gens-là qu'à être supérieure à tes compagnes pour l'activité et l'application ?

Eudoxie en convint et promit de s'y appliquer; elle était heureuse toutes les fois qu'on lui montrait ce qui était bien, tant elle avait de plaisir à le faire. Étant redescendue chercher quelque chose dans une pièce voisine du salon, dont la porte était ouverte, elle entendit madame de Croissy dire à madame de Rivry :

— Je l'ai toujours bien dit que mademoiselle Eudoxie ne serait jamais qu'une petite pédante.

Madame de Rivry, quoiqu'elle aimât assez Eudoxie, convenait qu'elle s'occupait beaucoup plus de ses compagnes pour les blâmer que pour faire société avec elles.

— Ce serait compromettre sa dignité, répliqua madame de Croissy.

De ce moment Eudoxie tâcha de surmonter sa répugnance et sa timidité; elle s'associa plus souvent aux amusements de ses compagnes, et parvint à y prendre plaisir. Mais plus libre avec elles, elle leur disait davantage ce qu'elle pensait; et quand elle ne pouvait leur faire entendre raison, elle les quittait dans des mouvements d'impatience dont elle n'était pas la maîtresse.

— Pourquoi t'impatientes-tu? lui disait sa mère un jour; cela t'offense-t-il? manque-t-on à son devoir envers toi, pour n'être pas aussi raisonnable que toi?

— Non, maman; mais elles manquent à leur devoir quand elles ne sont pas raisonnables, et c'est là ce qui m'impatiente.

— Écoute, Eudoxie, lui dit sa mère, te rap-

pelles-tu les impatiences où tu entrais contre
Constance de ce que, ne prenant jamais garde
à ce qu'elle faisait, elle brisait tout sur son
passage? Un jour il t'arriva, par une étourderie
du même genre, de renverser la table où était
mon écritoire : s'il m'en souvient, depuis ce
jour-là tu ne t'es pas impatientée contre Constance.

— Oh! non, maman, je vous assure.

— Trouvais-tu donc la faute moins grave,
parce que tu y étais tombée?

— Bien au contraire, maman; mais cela
m'avait appris qu'il était plus difficile de l'éviter que je ne l'avais cru d'abord.

— C'est ce que l'expérience apprend tous
les jours, ma fille, pour des fautes que l'on ne
connaissait pas encore. Ainsi, ajouta-t-elle en
riant, je ne désespère pas de te voir indulgente pour ces demoiselles, si tu apprends
quelque jour, de la même manière, qu'il est
très-difficile de n'être pas raisonneuse comme
Julie, menteuse comme Adèle, et étourdie
comme Honorine.

— Quant à cela, maman, reprit vivement
Eudoxie, c'est ce que je n'apprendrai jamais.

— En es-tu bien sûre, ma fille?

— Oh! très-sûre.

— Es-tu donc faite autrement qu'elles, pour croire que ce qui leur semble si facile te serait impossible?

— Il le faut bien, reprit Eudoxie vraiment piquée.

— Comment donc, en ce cas, reprit sa mère souriant, exiges-tu d'elles les mêmes choses que de toi? Tu ne demandes pas à Julie, qui est plus petite que toi, d'atteindre aussi haut, tu ne le demandes qu'à Honorine, qui est aussi grande.

— Mais, maman, reprit Eudoxie après un moment de réflexion, il se trouverait donc que parce qu'elles sont moins raisonnables, elles seraient obligées à moins de choses que d'autres?

— Elles auraient tort de le croire, mon enfant, car chacun est obligé de faire tout le bien qui est en son pouvoir; mais chacun aussi est chargé d'examiner ses propres devoirs, et non pas ceux des autres : ne pense donc qu'aux tiens. Trouves-tu juste et raisonnable de jouir du plaisir de sentir que tu vaux mieux qu'elles,

et de t'impatienter en même temps contre elles
de ce qu'elles valent moins que toi ?

— Maman, il est donc permis de penser
qu'on vaut mieux que les autres ?

— Oui, mon enfant ; car penser qu'on vaut
mieux que les autres, c'est simplement sentir
qu'on a plus de force, plus de raison, plus de
moyens pour bien faire, et par conséquent s'y
croire plus obligé.

Cette conversation donna à Eudoxie un sentiment de satisfaction qui la rendit plus indulgente, plus patiente avec ses compagnes ; mais
dans cette indulgence on sentait peut-être un
peu d'orgueil, elle avait quelque chose de la
bonté d'une personne supérieure, toujours occupée à se tenir, dans sa pensée, assez au-dessus des autres pour n'être pas blessée de ce
qu'ils agissent moins qu'elle.

Eudoxie prenait insensiblement l'habitude
de considérer ses compagnes et presque de les
traiter comme des enfants : un jour que les
quatre jeunes personnes travaillant ensemble,
comparaient leurs ouvrages, et que celui d'Honorine, pareil à celui d'Eudoxie, se trouvait
beaucoup moins bien fait :

— Ce point-là est bien difficile, dit-elle de l'air dont elle aurait voulu excuser un enfant de six ans.

Elle ne paraissait pas imaginer que la même raison pût s'appliquer à elle. Les autres se mirent à rire.

— Finissez donc, dit Honorine; vous voyez bien qu'Eudoxie a la bonté de me protéger.

Eudoxie se sentit si piquée que les larmes lui en vinrent presque aux yeux; elle était contente d'elle-même, croyait avoir le droit de l'être, et ne rencontrait qu'injustice et moqueries. Elle recommençait à s'éloigner de ses compagnes.

Sa mère s'en aperçut, et voulut en savoir la raison. Eudoxie eut quelque peine à en convenir, quoiqu'elle ne crût pas avoir tort; le ridicule qu'on lui avait donné lui causait une espèce de honte; enfin cependant elle le lui dit.

— Tu as donc été bien fâchée, lui demanda madame d'Aubonne, qu'Honorine pût croire que tu prétendais la protéger? apparemment que cela t'aurait paru bien ridicule?

— Oh! maman, il n'est pas nécessaire que cela soit ridicule pour qu'elles s'en moquent.

— Mais, dis-moi, Eudoxie, si par hasard elles s'étaient moquées de toi de ce que tu m'aimes, de ce que tu m'écoutes, de ce que tu fais tout ce que je désire, cela t'aurait-il fait de la peine?

— Non, en vérité, maman; c'est moi qui me serais moquée d'elles à mon tour.

— Pourquoi donc n'as-tu pas pris le même parti quand elles se sont moquées du ton que tu avais pris avec Honorine? Si tu as jugé que ce ton protecteur était le plus convenable, que t'importe qu'elles en aient pensé autrement? n'es-tu pas plus raisonnable qu'elles, et par conséquent plus en état de bien juger?

— Maman, dit Eudoxie après un moment de silence, je pense bien à présent que j'ai eu tort de prendre avec Honorine un ton qui ne lui ne plaisait pas; mais je ne voulais que lui montrer de l'indulgence pour les fautes qu'elle avait faites dans son ouvrage.

— Mon enfant, il faut avoir de l'indulgence pour les fautes de tout le monde, mais ne la faire sentir à ceux dont la conduite ne nous regarde pas que quand ils désirent que nous la leur accordions; car autrement, comme nous ne sommes pas chargés de les reprendre, nous ne le sommes pas non plus de leur pardonner; c'est un droit que nous ne pouvons prendre sans qu'ils nous le donnent.

— Mais comment donc faire, maman, quand ils commettent des fautes?

— Ne les pas voir, si l'on peut; au lieu de les pardonner, les diminuer; chercher dans l'ouvrage d'Honorine ce qu'il y a de bien pour faire oublier ce qu'il y a de mal; mais il faut pour cela n'être pas bien aise qu'on ait trouvé ton ouvrage mieux que le sien; il faut mettre tout ton orgueil à être supérieure à ces petits avantages.

Eudoxie profitait de tout ce que lui disait sa mère; elle faisait chaque jour des progrès en douceur et en socialité. Madame de Croissy n'avait presque plus rien à dire d'elle, ses compagnes commençaient à prendre plaisir à sa société. Eudoxie savait tous leurs secrets, au moins autant qu'elle l'aurait voulu; et en voyant les craintes, les chagrins que leur causait souvent leur conduite inconsidérée, en les voyant rougir au moindre mot qui pouvait avoir rapport à une faute qu'elles avaient cachée, en leur voyant même pour elle une espèce de déférence qu'elles ne refusaient plus à sa raison depuis que cette raison ne s'exerçait pas à leurs dépens, elle sentait toujours davantage combien est grand le plaisir de s'estimer soi-même.

— Et cependant, lui disait sa mère, tu es encore bien loin d'en connaître tout le prix; tu ne le connaîtras que quand tu l'auras payé ce qu'il vaut, quand tu l'auras acheté par des sacrifices difficiles.

Et Eudoxie ne concevait pas que pour l'obtenir il pût y avoir de sacrifice difficile.

Madame de Rivry, qui était très-bonne, et s'occupait beaucoup des plaisirs des jeunes personnes, proposa d'aller voir un fort beau parc qui se trouvait à quatre lieues de Romecourt; on devait y dîner et revenir le soir.

Eudoxie et ses compagnes se réjouissaient beaucoup de cette partie; mais la veille, lorsqu'on s'occupa des arrangements des voitures, il se trouva qu'il ne pouvait tenir dans la calèche de madame de Rivry que quatre personnes, et qu'ainsi, comme il fallait bien que madame de Rivry y fût, ces quatre jeunes personnes ne pouvant être seules dans la calèche, l'une d'elles devait être nécessairement obligée d'aller dans la voiture de madame de Croissy, avec celle-ci et madame d'Aubonne. Cela faisait une grande différence pour les plaisirs du voyage.

Madame de Rivry, obligée de faire les honneurs de chez elle, décida que ce serait Julie qui irait dans la voiture : celle-ci jeta les hauts cris, dit qu'elle aimait mieux ne pas aller du tout au parc; elle répondit à sa mère comme elle avait coutume de le faire quand quelque chose lui déplaisait, et lui dit qu'il était bien commode, à elle qui allait dans la calèche, de la mettre à s'ennuyer dans la voiture.

Madame de Rivry tâcha inutilement de faire entendre raison à sa fille; mais comme sa trop grande bonté pour elle n'allait pas jusqu'à lui faire manquer d'égards pour les autres, elle résista à toutes ses plaintes.

Madame de Croissy offrit de prendre avec elle une de ses petites-filles, mais faiblement;

aimait beaucoup que justice se fît, et aurait été désespérée que, dans cette occasion, madame de Rivry cédât à sa fille. Madame d'Aubonne ne dit rien, car elle voyait bien que cela aurait été inutile.

Julie bouda et même pleura tout l'après-midi. Telle était l'habitude qu'elle avait prise d'être satisfaite en tout, que la moindre contrariété devenait pour elle un violent chagrin. A la promenade, on la voyait à chaque instant essuyer ses larmes sous son chapeau, tandis que madame de Rivry s'efforçait inutilement de la consoler. Cela fit tant de chagrin à Eudoxie, qu'elle dit tout bas à sa mère :

— Si j'osais, je prierais madame de Rivry de donner ma place à Julie.

— Cela ne servirait à rien, lui dit sa mère; mais si tu le veux, comme tu es un peu enrhumée, je dirai demain que j'aime mieux que tu n'ailles pas dans la calèche; je crois, en effet, que cela vaut mieux.

— Oh ! maman, dit vivement Eudoxie, je vous assure que la calèche ne ferait pas du tout de mal à mon rhume.

— Je crois, comme toi, mon enfant, que l'inconvénient n'est pas assez grand pour te

priver de ce plaisir-là; aussi ne te l'ai-je pro-
posé que parce que j'ai cru que tu voulais céder ta place à Julie.

— Maman, je le veux aussi; mais...

— Tu voudrais peut-être la proposer, pour
que sa mère la refusât?

— Oh! non, je vous assure.

— Ou bien tu voudrais qu'on sût que c'est
toi qui la lui cèdes.

— Mais, maman, n'est-il pas naturel de désirer que Julie sache que c'est moi qui lui ferai
ce plaisir, et non pas mon rhume?

— Quand cela serait possible, crois-tu que
cette manière d'obliger Julie lui fût la plus
agréable? Suppose que tu te fusses montrée
aussi enfant qu'elle l'a été, et qu'une personne
de ton âge vînt te céder cette place, et prouver ainsi combien tu le serais peu, ne serais-tu
pas très-humiliée de sa complaisance?

— Oh! oui, maman, cela est bien vrai.

— C'est pourtant cette humiliation que tu
veux donner à Julie pour le prix du plaisir
que tu lui feras.

— Je vous assure, maman, que je n'ai pas
du tout envie de l'humilier.

2

— Non; mais tu veux lui prouver, ainsi qu'à tout le monde, que tu vaux mieux qu'elle, parce qu'apparemment il ne te suffit pas de le savoir.

— Mais, maman, n'est-il donc permis de s'estimer un peu qu'en cachant aux autres ce qu'on fait pour eux?

— Quand de ce qu'on fait pour eux il résulte qu'on sera estimé beaucoup plus qu'eux et à leurs dépens, on ne fait que troquer un avantage contre un autre, et alors il n'y a pas de quoi s'estimer beaucoup soi-même, car on ne leur a pas fait un grand sacrifice.

— Maman, dit Eudoxie après un moment de réflexion, si vous voulez, vous direz à madame de Rivry que je suis enrhumée.

— Comme tu voudras, ma fille; et elles n'en parlèrent plus.

Le lendemain, le temps était superbe, Eudoxie vit dans la cour la calèche, attelée de deux chevaux qui piaffaient d'impatience de partir.

— Mon rhume est presque passé, dit-elle.

— Je crois bien, dit madame d'Aubonne, que la calèche n'y fera pas grand mal.

— Vous savez bien, maman, dit Eudoxie avec un soupir, que ce n'est pas moi qui y vais.

— Tu en es encore la maîtresse, mon enfant, je n'ai rien dit à madame de Rivry; rien ne t'oblige à ce sacrifice, s'il te paraît trop pénible.

— Mais, maman, cela serait bien fait, je crois, dit Eudoxie avec tristesse.

— Ma chère enfant, quand on a une fois eu l'idée d'une action généreuse, on court grand risque, si on ne la fait pas, de se le reprocher ensuite. Il serait possible, quand tu seras dans la calèche, que l'idée que Julie se désespère dans la voiture gâtât beaucoup ton plaisir; voilà tout : car d'ailleurs, je te le répète, aucun devoir ne t'oblige à céder ta place à Julie.

— Si ce n'est, maman, que j'aurai, je crois, plus de courage qu'elle pour supporter cette contrariété.

— Je conviens que, comme nous l'avons déjà remarqué, il y a des devoirs particuliers imposés à ceux qui se sentent plus de force et plus de raison que les autres.

— Maman, j'irai dans la voiture.

— Es-tu bien sûre de le vouloir, ma fille?

— Je suis sûre de vouloir, maman, que Julie aille dans la calèche.

Madame d'Aubonne embrassa tendrement sa fille, car elle était bien contente d'elle. Elles se rendirent au salon, et madame d'Aubonne exprima son désir de garder Eudoxie dans la voiture, ce qui lui fut accordé sans difficulté.

La bonne madame de Rivry était fort aise de pouvoir, sans manquer aux égards, épargner un chagrin à sa fille. Eudoxie ne dit rien; mais cela n'étonna pas, on était accoutumé à sa soumission. Julie, enchantée, rougit cependant un peu; car il est très-humiliant de s'être plaint avec faiblesse d'un malheur qui ensuite n'arrive pas; mais il n'y eut de mécontent de cet arrangement que madame de Croissy, qui perdait le plaisir de voir une enfant gâtée contrariée au moins une fois dans sa vie.

— J'aurais cru, dit-elle ironiquement, que l'éducation de mademoiselle Eudoxie devait la rendre plus courageuse contre les rhumes.

Madame d'Aubonne sourit en regardant sa

fille, et ce sourire empêcha Eudoxie de s'impatienter.

Dans la voiture, madame de Croissy ayant
trop chaud, voulut baisser une glace, pourvu,
dit-elle encore, que cela n'enrhume pas mademoiselle Eudoxie.

Madame d'Aubonne et sa fille se regardèrent
encore avec un sourire presqu'imperceptible,
et Eudoxie éprouva qu'il y a un grand plaisir
à sentir au-dedans de soi qu'on est bien meil-
leur que ne le pensent les autres.

Elle s'amusa beaucoup dans le parc; le soir
elle regretta un peu le retour dans la calèche
par un beau clair de lune; mais enfin elle se
coucha contente de sa journée, d'elle-même,
et de la satisfaction qu'elle avait causée à sa
mère, qui tout le jour s'était occupée d'elle
encore plus qu'à l'ordinaire, l'appelant dès
qu'elle voyait quelque chose de joli, et ne pouvant avoir un plaisir sans elle.

Le lendemain matin, un peintre que connaissait madame de Rivry vint en passant
faire une visite à Romecourt; il retournait à
Paris, et n'avait qu'une demi-heure à passer
au château.

Pendant qu'on servait le déjeuner, elle voulut qu'il vît les dessins des jeunes personnes. Adèle fut chargée d'aller les lui montrer; elle avait, ainsi qu'Eudoxie, entrepris de copier, d'après la bosse, une jolie tête de vestale. Eudoxie avait fini la sienne; et Adèle, quoique selon sa coutume elle n'eût presque pas travaillé, avait, selon sa coutume aussi, dit à sa grand'mère que la sienne était achevée; et madame de Croissy, qui n'y regardait jamais, n'en avait pas demandé davantage. Cependant, comme elle ne pouvait la montrer au peintre, elle prit le parti de lui montrer, comme étant d'elle, la tête d'Eudoxie. Le peintre la trouva charmante; c'était en effet ce qu'Eudoxie avait jamais fait de mieux. Au moment où il la tenait dans ses mains, madame de Croissy appela Adèle dans le jardin; elle y alla avec son étourderie ordinaire, sans serrer le dessin; et pendant ce temps, madame d'Aubonne et Eudoxie entrèrent par l'autre porte.

— Voilà, leur dit le peintre, une belle tête, dessinée par mademoiselle Adèle.

— D'Adèle? dit Eudoxie en rougissant et en regardant sa mère.

— Je ne crois pas qu'elle soit d'Adèle, dit madame d'Aubonne.

— Je vous demande pardon, dit le peintre, c'est elle qui me l'a dit; et s'approchant de la porte du jardin où Adèle, de dessus le perron, parlait à sa grand'mère, qui était en bas :

— N'est-ce pas de vous, Mademoiselle, lui demanda-t-il, ce dessin que vous venez de me montrer ?

— Oui, Monsieur, dit Adèle en retournant à peine la tête, dans la crainte que sa grand'-mère ne la vît et ne voulût voir le dessin.

Alors le peintre recommença à le louer. Eudoxie attendait que sa mère parlât; mais elle ne dit rien, et Eudoxie n'osa rien dire. Le peintre voulut voir de ses dessins : elle dit qu'elle n'avait rien; mais le peintre voyant un porte-feuille sur lequel était le nom d'Eudoxie, en tira une ancienne tête dont Eudoxie n'était pas contente, et qu'elle avait apportée à la campagne pour la recorriger; il en critiqua les défauts, loua froidement les dispositions qu'elle annonçait, et revenait toujours à la tête de vestale.

Eudoxie avait le cœur bien gros, et regardait sa mère comme pour lui demander de parler; mais on appela pour le déjeuner. Le peintre, interrogé sur les dessins, s'expliqua poliment sur les talents des trois autres jeunes personnes, mais il annonça qu'Adèle deviendrait très-forte.

— Ah! pas tant que mademoiselle Eudoxie, dit madame de Croissy en jetant sur Eudoxie un regard de satisfaction ironique.

— Je vous assure, Madame, dit le peintre, que la tête de vestale que m'a montrée mademoiselle Adèle annonce les plus grandes dispositions.

Adèle devenait de toutes les couleurs, et n'osait lever les yeux.

— Je vous assure pourtant, reprit madame de Croissy, du même ton, que si vous aviez entendu mademoiselle Eudoxie et les conseils qu'elle donne, vous ne douteriez pas qu'elle ne fût plus habile que toutes les jeunes personnes de son âge.

Le peintre jeta un regard d'étonnement sur Eudoxie. Elle était outrée : sa mère, placée près d'elle, lui serra la main sous la table pour tâcher de la calmer. Elle ne put manger; et aussitôt après le déjeuner elle passa dans le jardin, où sa mère la suivit ; elle la trouva pleurant de chagrin et d'impatience.

— Qu'as-tu, mon Eudoxie ? lui dit-elle en la pressant tendrement dans ses bras.

— En vérité, maman, dit Eudoxie avec agitation, cela est bien dur ; et madame de Croissy encore...

— Que te fait l'injustice de madame de Croissy ? Qui de nous croit rien de ce qu'elle a dit ?

— Le peintre le croira. Certainement je n'aurais rien dit devant elle ; mais pourquoi fallait-il que le peintre crût que mon dessin était d'Adèle ? Maman, vous avez favorisé le mensonge d'Adèle, ajouta-t-elle d'un ton de reproche.

— Adèle ne m'est rien quant à son éducation, reprit madame d'Aubonne ; mais je suis chargée de toi, je suis obligée de soigner tes vertus comme les miennes, et de t'indiquer ton devoir, sans songer à celui des autres.

— Ce n'était pas mon devoir, reprit plus doucement Eudoxie, de laisser croire que mon dessin était d'Adèle.

— Ce n'était pas le devoir, sans doute, d'une personne qui n'aspire qu'à bien dessiner; mais celui d'une personne qui veut avoir plus de force et de vertu qu'une autre, était de ne pas sacrifier la réputation de sa compagne à son amour-propre. Dis-moi, ma fille, si pour te sauver le petit chagrin d'être crue la moins habile, tu avais couvert Adèle, devant ce peintre, de la honte d'un mensonge, ne serais-tu pas embarrassée à présent vis-à-vis d'elle?

— Je crois, en effet, maman, que je le serais.

— Et tu devrais l'être, car tu n'aurais pas eu le courage de lui faire un petit sacrifice pour la sauver d'une grande humiliation.

— Vous avez raison, maman; mais il y a quelquefois des choses bien difficiles à faire pour mériter d'être toujours contente de soi.

— Eh! si cela n'était pas difficile, crois-tu, mon enfant, que tout le monde n'en eût pas envie comme toi?

Quoiqu'adoucie par sa conversation avec sa mère, Eudoxie conservait un peu de rancune contre Adèle, et fut une partie de la

journée sans lui parler. Mais elle vit Adèle
si honteuse avec elle, si occupée de cherchei
les moyens de lui faire plaisir, sans oser s'approcher d'elle, ou lui adresser directement la
parole, qu'elle en sentit une grande compas-
sion. Elle comprit que ce qu'il y a de plus
cruel au monde, c'est d'avoir un tort grave à
se reprocher, et qu'il n'était pas possible de
conserver de ressentiment contre une personne
qui éprouvait un malheur pareil. Elle lui parla
donc comme à l'ordinaire; et dès qu'elle n'eut
plus d'humeur, elle ne se trouva plus de chagrin.

Mais il lui restait encore une grande épreuve
à soutenir. Honorine, que rien n'arrêtait jamais quand il lui passait une fantaisie par la
tête, ayant trouvé un jour une des grilles du
parc ouverte, trouva plaisant d'aller courir
sur le chemin. Eudoxie, qui dans ce moment
était seule avec elle, sentant combien cela
était inconvenant pour une jeune personne, la
conjurait de revenir. Elle vit de loin arriver
quelqu'un de la maison; et tremblant qu'Honorine ne fût vue, elle se hasarda, pour l'appeler, à passer elle-même le seuil de la porte;
et se tenant tout près de la grille :

— Honorine! disait-elle, ma chère Honorine! revenez, je vous en conjure; revenez!

En ce moment, croyant entendre la voix de madame de Croissy, elle s'élança en avant pour hâter Honorine, qui ne revenait pas assez vite : sa robe, qui se trouvait accrochée à la porte de la grille, la tira, la fit tomber, elle se ferma, et voilà Eudoxie dehors avec Honorine, sans pouvoir rentrer. Elle essaya vainement d'ouvrir la porte en passant sa main à travers les barreaux; la serrure était dure, peut-être même avait-elle un secret; elle n'en put venir à bout. Désolée, elle veut appeler pour qu'on leur ouvre, déterminée, sans jeter la faute sur Honorine, à dire ce qui lui est arrivé; mais Honorine, qui a aussi peu de courage pour supporter une petite réprimande que de raison pour éviter d'en mériter une grande, la conjure de n'en rien faire. Elle sait que sa grand'-mère se promène dans le jardin, qu'elle pourrait les entendre; elle dit qu'il vaut mieux rentrer dans le château par le côté de la cour; mais le chemin pour y arriver est assez long. Eudoxie ne veut point s'écarter de la grille : elle est cependant à la fin forcée de suivre

Honorine, qui a pris le parti de s'en aller, et dont, si elle appelait, elle découvrirait maintenant la démarche imprudente.

Elle s'en va tremblante, côtoyant les murs du parc, marchant le plus vite qu'elle peut, mourant de peur d'être vue, et rappelant sans cesse Honorine, qu'au contraire cela divertit beaucoup, et qui va de côté et d'autre, courant dans les champs. Elles étaient encore à une certaine distance des cours du château, lorsqu'elles voient passer dans un chemin qui traverse devant elles, un char-à-bancs rempli de personnes qui vont dîner à Romecourt.

Voilà Eudoxie plus désespérée encore, dans l'idée qu'elle a été reconnue; elle double le pas, tandis qu'Honorine, qui commence à craindre, le ralentit au contraire pour éloigner le moment du danger.

Leurs craintes étaient fondées, on les avait vues. Aussitôt que le char-à-bancs est arrivé à Romecourt, on cherche Eudoxie et Honorine, pour qu'elles viennent, ainsi qu'Adèle et Julie, tenir compagnie à une jeune personne qui était venue avec sa mère et deux autres femmes. On ne les trouve pas.

— Je crois, dit un homme qui avait accompagné à cheval le char-à-bancs, que je les ai vues sur le chemin.

— Sur le chemin, seules! s'écrie madame de Croissy.

— Cela m'a paru extraordinaire, dit une des femmes; mais cependant c'étaient bien elles.

On fait de nouveau chercher partout. Adèle ne sait où est sa sœur; madame d'Aubonne ne sait où est sa fille; elle est descendue dans le salon, et commence à s'inquiéter beaucoup, quand un domestique, qui les voit entrer dans la cour, crie :

— Les voici!

Tout le monde court sur le perron; elles voient de loin l'assemblée qui les attend. Eudoxie, près de se trouver mal de crainte et de honte, est cependant obligée de tirer Honorine, qui ne veut pas avancer. Elles entendent, du milieu de la cour, madame de Croissy qui leur crie :

— Est-il possible, Mesdemoiselles! est-il imaginable...

Madame d'Aubonné accourt au-devant de sa fille.

— Eudoxie, lui dit-elle, que t'est-il arrivé? Comment se peut-il...

Eudoxie n'ose lui rien dire, à cause d'Honorine, qui est près d'elle, mais elle lui presse et lui baise la main, la regarde et regarde Honorine, de manière que madame d'Aubonne devine bien que sa fille n'a pas de tort.

Elles arrivent enfin, toujours accompagnées des réprimandes et des exclamations de madame de Croissy, qui, tandis qu'elles montent le perron, se tourne vers les personnes qui étaient là, et leur dit :

— Je vous prie de croire qu'Honorine n'est n'est pas du moins assez mal élevée pour avoir imaginé toute seule une pareille escapade, c'est mademoiselle Eudoxie qui l'y a entraînée, et presque de force, j'en suis témoin.

Eudoxie est prête à s'écrier.

— Oui, Mademoiselle, reprend madame de Croissy du ton le plus imposant, je passais dans le bosquet auprès de la grille, vous lui disiez : *Venez, je vous en conjure.* Je ne savais pas ce que vous lui demandiez, je le vois à présent; mais je ne l'aurais jamais imaginé. Niez-le, si vous l'osez.

Madame de Croissy avait, en effet, entendu et mal entendu ce qu'elle disait à Honorine pour l'engager à revenir. Eudoxie ne nie rien; elle baisse les yeux et fond en larmes. Madame d'Aubonne la regarde avec anxiété, l'entraîne à l'écart, et Eudoxie lui raconte en pleurant ce qui s'est passé.

— Je ne sais, ma nièce, quelle histoire elle peut vous faire, lui crie madame de Croissy; mais je l'ai entendue de mes deux oreilles, et j'espère que vous me croirez bien autant que mademoiselle Eudoxie.

— Eudoxie, ma tante, ne fait point d'histoires, répond avec fermeté madame d'Aubonne; et si je suis contente de sa conduite, personne, je vous en demande bien pardon, n'aura rien à lui dire.

— Je ne prendrai assurément pas cette liberté, reprend madame de Croissy très-irritée; mais qu'elle ait la bonté de ne plus approcher de ses cousines, et qu'elle fasse ensuite, tant qu'il lui plaira, la mijaurée, je ne m'en embarrasse guère.

Eudoxie ne se soutenait plus; sa mère l'emmène, l'embrasse, la console.

— Maman, lui disait-elle en pleurant, sans vous je n'en aurais jamais le courage.

— Je suis bien sûre que tu l'aurais, mon enfant; tu supporterais tout plutôt que d'exposer Honorine à la colère de sa grand'mère; mais nous sommes deux bonnes amies pour nous aider, nous soutenir mutuellement. Penses-tu qu'on ne me croie pas autant de tort qu'à toi?

Eudoxie embrassa sa mère avec transport; elle était si heureuse, si fière de ce qu'elle daignait l'égaler à elle!

— Mais, maman, du moins, en ne disant rien à madame de Croissy, nous pouvons dire aux autres la vérité.

— Tu veux donc leur apprendre qu'Honorine a eu la lâcheté de te laisser accuser d'une faute dont elle était coupable? tu veux être faible à ton tour? Tu n'as été que bonne en n'accusant pas Honorine; beaucoup d'autres l'auraient été comme toi; si tu en restes là, tu n'as pas le droit de te croire plus généreuse qu'une autre.

— Maman, il faut donc acheter bien cher ce plaisir-là ?

— Mon enfant, il n'est permis qu'à ceux qui ont le courage de lui sacrifier tout le reste.

Eudoxie, raffermie par les paroles de sa mère, rentra courageusement avec elle dans le salon, où l'on avait obtenu grâce pour Honorine, que madame de Croissy voulait envoyer dîner dans sa chambre. Sa contenance modeste, mais tranquille, la manière tendre, sans affectation, de sa mère avec elle, fit que madame de Croissy n'osa plus trop lui rien dire, et que les autres commencèrent à soupçonner qu'Eudoxie pouvait bien n'avoir pas tant de tort que le supposait madame de Croissy. Madame de Rivry, qui la connaissait bien, leur avait déjà dit que cela ne lui paraissait pas possible. Julie, à force de questions, parvint à savoir la vérité d'Honorine, et la dit à sa mère, à condition de n'en rien dire à madame de Croissy ; mais les autres la surent, et traitèrent de ce moment Eudoxie avec une distinction qui lui fit voir que, bien qu'il ne faille pas y compter, l'estime suit presque toujours les actions qu'on a faites uniquement pour son devoir.

LA ROBE DE TOILE.

Élisabeth, âgée de treize ans, était une jeune fille d'un caractère doux et aimable ; elle avait des dispositions pour tout ce qu'elle aurait voulu faire, mais elle ne se livrait à rien avec zèle et avec suite. Sa santé, qui avait été très-faible dans son enfance, avait empêché qu'on l'obligeât à s'occuper ; en sorte qu'elle avait pris l'habitude de l'oisiveté, quoique l'oisiveté l'ennuyât ; mais elle s'était accoutumée à croire que ce qu'elle n'avait pas fait, elle ne pourrait jamais le faire. Elle avait perdu son père, M. d'Artigny, à l'époque où elle venait d'atteindre sa dixième année. Comme il laissait des affaires en fort mauvais état, madame d'Artigny, réduite à une très-grande gêne.

avait été obligée d'ôter à Élisabeth tous ses maîtres ; et, accablée elle-même des soins et des embarras que lui donnaient ses affaires, elle n'avait pu suivre comme elle l'aurait voulu l'éducation de sa fille. Ce fut un grand malheur pour Élisabeth, qui commençait à avoir de l'amour-propre, et qui aurait probablement été humiliée de se voir moins avancée que la plupart des jeunes personnes de son âge ; mais elle avait trouvé un prétexte pour se mettre à l'aise : *je ne peux pas*, était sa réponse toutes les fois qu'on lui proposait d'essayer de faire quelque chose toute seule.

Cependant elle sentait son ignorance, et n'aimait pas à la montrer ; aussi était-elle au désespoir quand sa mère, qui cherchait à lui donner de l'émulation, l'obligeait d'aller à de petits concerts que faisaient souvent entre elles de jeunes personnes de son âge, en présence de leurs parents. Elle jouait presque toujours la même sonate, et encore la jouait mal : alors elle s'embrouillait, pleurait, était grondée, se désolait, et n'étudiait pas mieux le lendemain. Comme elle avait négligé même ses leçons de danse lorsqu'elle avait un maître, elle ne pouvait se résoudre à danser qu'en présence de ses compagnes et des personnes auxquelles elle était habituée ; dès qu'il y avait une étrangère dans la chambre, il n'y avait plus moyen de lui faire quitter sa chaise. Le sentiment de son peu de mérite lui donnait une timidité insupportable ; elle croyait toujours que l'on allait se moquer d'elle, et passait sa vie dans un état de malheur perpétuel, sans chercher à en sortir.

Madame d'Artigny, qui habitait en province, fut obligée pour ses affaires de venir à Paris ; elle y amena sa fille. Élisabeth y gagna de n'avoir plus de concerts ; mais laissée souvent seule avec la vieille Geneviève, servante de confiance, mais très-peu amusante, elle s'ennuyait à mourir. Quand elle sortait avec sa mère, c'était un autre chagrin : madame d'Artigny, tous les jours plus gênée, n'avait rien pu donner de neuf à sa fille qu'une robe de toile commune, assez jolie les premiers jours, mais qu'Élisabeth n'avait pas ménagée, selon l'habitude des personnes paresseuses qui ne prennent point garde à ce qu'elles font.

Élisabeth était tellement grandie depuis un

an, que le reste de sa garde-robe ne pouvait presque plus lui servir. Madame d'Artigny n'avait pas le temps de la raccommoder; la vieille Geneviève ne savait que faire la cuisine, blanchir et balayer; et pour Élisabeth, elle ne croyait pas qu'il fût en son pouvoir d'être jamais bonne à rien.

Un jour que madame d'Artigny allait passer la soirée chez une de ses amies, où elle croyait qu'il n'y aurait presque personne, en entrant dans l'appartement, elle le trouva rempli de monde : vingt enfants de tous les âges, un salon très-éclairé, des jeunes personnes bien mises, un théâtre préparé pour des marionnettes, un goûter servi dans une autre pièce; c'était une petite fête. Élisabeth entrait avec sa robe de toile, à laquelle il y avait plusieurs taches et un trou qu'elle avait caché, de peur qu'on ne l'obligeât à le raccommoder. Tout étourdie, elle jette les yeux autour d'elle et ne voit pas une figure de connaissance : c'était la première fois qu'elle était chez cette dame, revenue depuis peu de temps de la campagne. La tête lui tourne, elle perd sa mère, et se trouve au milieu du salon, entourée de personnes qui lui demandent qui elle est, ce qu'elle veut. Il lui serait dans ce moment impossible de répondre : heureusement elle aperçoit sa mère qui la cherchait, elle court à elle, se presse contre elle, voudrait pouvoir se réfugier sous sa robe.

Elle se remit un peu pendant les marionnettes, et s'amusa même, malgré son chagrin. Mais ensuite les jeunes personnes se séparèrent des enfants plus petits, et passèrent dans une autre pièce pour s'amuser entre elles. Élisabeth fut obligée de les suivre. Elle vit une d'entr'elles, nommée Eugénie, la regarder et dire à demi-voix à une autre : « Regardez donc cette demoiselle avec sa robe de toile. » Puis toutes les deux se mirent fort impoliment à parler bas et à rire; ensuite on vint à s'occuper de modes, des choses qu'on avait, ou qu'on aurait bien voulu avoir; d'une robe assez jolie qu'Eugénie n'osait plus mettre, même pour sortir le matin, parce qu'elle était trouée et tachée. Personne ne songe à Élisabeth, personne ne la regarde, et elle s'imagine que tout cela se dit pour lui reprocher sa robe de toile. La fille de la maison lui a parlé plusieurs fois;

mais, n'obtenant aucune réponse, elle l'a laissée de côté. On propose différents jeux; Élisabeth ne veut être de rien; elle s'imagine que
le moindre mouvement révèlera ce trou et ces
taches, dont l'idée lui donne la fièvre. Après
l'avoir pressée quelque temps, on finit par la
laisser dans son coin; on se contente de la regarder de temps en temps en haussant les
épaules, et de dire quelques petits mots sur
les personnes maussades et ennuyeuses. Élisabeth sent à chaque instant son cœur se gonfler.
La maîtresse de la maison entre, et reproche
aux autres de ne pas s'occuper d'Élisabeth;
elles s'excusent sur ce qu'elle les a refusées.
Alors elle s'adresse à Élisabeth elle-même;
mais lorsque celle-ci veut répondre, des larmes lui échappent. Les jeunes personnes assu-
rent qu'elles ne comprennent rien à ce caprice.
On s'approche, on regarde Élisabeth, on s'é-
tonne; elle voudrait être bien loin. Madame
d'Artigny arrive : effrayée de l'état de sa fille,
elle se hâte de l'emmener, et quand elles sont
dehors, elle tâche de la faire expliquer sur le
sujet de son chagrin : mais Élisabeth aurait
bien de la peine à le dire; elle conjure seule-

ment sa mère de ne plus la mener nulle part.
Madame d'Artigny ne veut pas la tourmenter
davantage dans un moment où elle lui paraît
si agitée ; elle lui promet de laisser au moins
à la personne de chez qui elles sortent, le
temps d'oublier la scène ridicule qu'a donnée
Élisabeth, et que madame d'Artigny attribue
à sa seule timidité.

Élisabeth passa une bien mauvaise nuit, rê-
vant qu'elle était dans la rue avec une robe
toute en lambeaux, et qu'on la montrait au
doigt. En s'éveillant, elle apprend que madame d'Artigny n'a pu refuser pour la semaine
d'après une invitation à dîner chez un de leurs
parents : elle tombe dans le désespoir. L'idée
de reparaître dans le monde avec cette robe
de toile à laquelle elle s'imagine devoir toutes
ses humiliations, lui cause un chagrin qu'elle
ne peut modérer. Dans son agitation, elle veut
chercher si, parmi ses vieilles robes, elle n'en
aura pas une plus présentable. Elle en prend
une qui paraîtrait devoir aller ; mais elle est
trop courte de quatre doigts : les manches sont
plates, la taille ne joint pas par derrière. Elle
en essaie d'autres, c'est encore pis ; elle revient

toujours à celle-là. N'y aurait-il donc pas moyen de l'arranger? Mais comment le demander à madame d'Artigny? Enfin, pour la première fois de sa vie, Élisabeth imagine d'essayer si elle pourra faire quelque chose par elle-même. Elle se souvient que sa cousine Émilie fait ses robes, ce qui lui avait paru jusqu'alors une chose incroyable et impossible. Elle commence à découdre; mais ensuite elle ne sait plus que faire. Sa mère arrive; elle voudrait bien lui cacher son ouvrage; car une personne accoutumée à mériter les reproches, les craint, même quand elle fait une chose raisonnable. Cependant madame d'Artigny veut savoir ce que c'est, approuve sa fille, lui propose de l'aider. Élisabeth, enchantée de penser qu'elle aura une robe, se met bien vite à travailler, et s'aperçoit, pour la première fois, que l'ouvrage est une chose très-amusante.

Cela fut un peu long, Élisabeth n'était pas très-habile; mais enfin, au bout de quelques jours, elle eut une robe de percale, rallongée avec des plis, refaite à la mode, et blanchie par la vieille Geneviève. On ne peut imaginer

la joie et le plaisir qu'elle avait trouvés à cette
occupation, ni le changement qui s'opéra en
elle presque tout d'un coup. Empressée de
tenter de nouveaux essais, elle gâta d'abord
un peu, prit patience, raccommoda; enfin, en
quelques mois, elle parvint à faire tout ce
qu'elle voulait, même sans les conseils de sa
mère. Dès ce moment, il ne faut plus regarder
Élisabeth comme une enfant; c'est une personne
qui trouve plaisir à tous ses devoirs. Madame
d'Artigny ne voulant pas qu'elle négligeât ses
leçons, elle se hâtait de les prendre dès le
matin, au lieu de les faire traîner toute la journée; et, comme ce qu'on fait avec zèle se fait
toujours mieux, ses progrès dans tous les gen-
res étaient sensibles; sa figure même était
changée. Ce n'était plus cette jeune fille, marchant les bras pendants, la tête tantôt sur une
épaule, tantôt sur l'autre, se couchant dans
tous les fauteuils, et ne sachant quelle posture
prendre pour échapper au malaise que lui causait l'ennui; sa démarche était leste et vive,
parce que ses pas avaient toujours un but
utile; ses yeux étaient animés comme ceux
d'une personne qui a toujours quelque chose

d'intéressant à faire. A mesure qu'elle avait
appris à agir, ses mouvements avaient acquis
de la grâce. Le peu d'amis qui venaient chez
sa mère étaient enchantés de son air occupé et
de l'ordre qu'elle mettait autour d'elle; car
elle avait soin, dès que madame d'Artigny
rentrait, de ranger sa robe ouatée et son chapeau, en regardant auparavant s'il n'y avait
rien à y refaire : elle entretenait le linge de la
maison, ne pouvait plus voir un bout de frange
détaché à un rideau, sans le recoudre aussitôt;
elle avait même raccommodé, dans un moment
de loisir, le grand fauteuil de perse sur lequel
s'asseyait sa mère. Madame d'Artigny, qui
avait enfin trouvé une aide et une amie dans
sa fille, lui laissait l'inspection de mille détails
dont elle n'avait pas le temps de s'occuper. Il
y avait plus d'un an que ce changement s'était
opéré; Élisabeth sortait fort peu, parce qu'elle
aimait mieux rester à s'occuper, et que sa mère
était trop contente d'elle pour la contrarier.
Cependant, un soir madame d'Artigny reçoit
une lettre de l'amie chez laquelle Élisabeth
avait eu tant de chagrin l'année précédente,
et qui, depuis ce temps, avait toujours été à la

campagne. C'était le lendemain la fête du village où elle se trouvait; elle mandait à madame d'Artigny qu'on lui enverrait une voiture
de bonne heure, et qu'il fallait qu'elle vînt
passer la journée avec sa fille. Élisabeth rougit en pensant à la honte qu'elle avait éprou-
vée, et dont elle n'était pas encore bien re-
mise; puis il lui vint tout de suite une pensée,
c'est que dans ce moment elle n'avait précisément rien de propre que la robe de toile, qu'à
la vérité elle venait de remettre à neuf. Geneviève, pour peu qu'on lui en eût dit un mot,
eût volontiers passé la nuit à savonner la robe
de percale, car elle aimait à la folie Élisabeth,
qu'elle avait vue naître; mais elle avait eu ce
jour-là du rhume et un peu de fièvre, et Élisabeth aurait été bien fâchée de la fatiguer. Elle
ne fit pas non plus de réflexions à sa mère,
qu'elle voyait enchantée de lui procurer ce
petit plaisir, et tâcha de prendre son parti.
L'habitude de l'occupation rend raisonnable
sur tout, parce qu'elle ne laisse le temps de
penser qu'à celui qui en vaut la peine; au lieu
que les personnes désœuvrées, qui n'ont rien
de mieux à faire que de mettre de l'importance

aux petites choses, s'exagèrent toujours les chagrins qu'elles ont et les plaisirs qu'elles n'ont pas.

Le lendemain, la voiture arriva à huit heures précises. Élisabeth était prête, et avait même déjà préparé son ouvrage du lendemain. Le temps était superbe. Élisabeth fut enchantée de la route; mais en arrivant et en entrant dans le jardin, qu'il fallait traverser pour se rendre à la maison, la première personne qu'elle aperçut fut Eugénie, qui accourut pour voir la voiture, et qui était suivie de cinq ou six autres jeunes personnes, toutes en blanc. La pauvre Élisabeth songea à sa robe de percale; elle aurait pu être mise comme les autres, et c'était un plaisir auquel elle aurait été fort sensible : elle soupira un peu, mais elle ne se sentit pas honteuse. En entrant dans le salon, elle fut étonnée de l'accueil qu'elle reçut des personnes qui s'y trouvaient; on lui parlait comme à une personne pour qui l'on a une sorte de considération. Les jeunes personnes arrivèrent, vinrent s'asseoir près d'elle; elles la regardaient avec une attention qui embarrassait Élisabeth; elle croyait qu'elles pensaient à la scène du goûter. Cependant, comme en devenant raisonnable elle avait pensé qu'il fallait vaincre sa timidité, elle fit un effort pour s'adresser à celle qui était à côté d'elle. La conversation une fois engagée, on lui proposa de descendre dans le jardin. Aussitôt qu'elles y furent, les jeunes personnes se pressèrent autour d'elle.

— Mon Dieu, lui dit Eugénie, est-il vrai que ce soit vous qui tenez le ménage de votre maman ?

Élisabeth répond que cela est vrai.

— Est-ce vous aussi, demande une autre, qui avez fait ce joli chapeau ?

— Oui.

— Et cette robe ?

— Oui.

— Elle est charmante, s'écrie Eugénie. Élisabeth rougit un peu. La robe, il est vrai, était si bien faite, et Élisabeth se tenait si bien, qu'elle lui allait à merveille.

Pendant ce temps, Eugénie, qui avait mis son chapeau à son bras, parce qu'il lui tenait trop chaud, toujours étourdie, le laissa tomber et marcha dessus. La voilà désolée ; son chapeau est abîmé ; elle n'osera aller dans le village ainsi coiffée. Une de ses compagnes le lui met sur la tête, et toutes, excepté Élisabeth, rient de la figure qu'il lui donne. Eugénie se fâche ; Élisabeth, pour l'apaiser, dit qu'elle croit que le chapeau peut se raccommoder. Eugénie passe du chagrin à la joie, et la prie d'y travailler sur-le-champ. On rentre bien vite, on monte dans la chambre des jeunes personnes. Élisabeth se met à l'ouvrage ; toutes veulent l'aider ; l'une lui tient les ciseaux, l'autre la pelote ; une autre coupe la soie, une autre enfile les aiguilles. Élisabeth retourne le taffetas du fond qui était sali, raccommode la passe, refait le nœud ; en moins d'une heure, il n'y paraît plus. Eugénie prétend même que le nœud d'Élisabeth est plus joli que celui de la marchande de modes. On descend dans le salon de musique, on joue des sonates à quatre mains, on chante des romances. Élisabeth, sans se faire prier, quoiqu'elle ne pût être bien forte, n'ayant pas de maître, joua un concerto qu'elle avait appris avec soin pour la fête de sa mère. On la comble d'éloges : ses compagnes semblent oublier leurs talents pour songer aux siens. Après le dîner, on va danser dans le village ; toutes veulent être le *danseur* d'Élisabeth, surtout Eugénie ; enfin on se sépare en s'embrassant, en s'appelant *ma bonne amie,* et en se promettant de s'écrire. Élisabeth était enivrée de joie, et madame d'Artigny bien heureuse de voir tant de plaisir à sa pauvre Élisabeth, qui menait ordinairement une vie si sérieuse.

Après lui avoir rendu compte de sa journée, Élisabeth ajouta :

— Ces demoiselles sont devenues bien aimables depuis l'année passée.

— Et ta robe, dit en riant madame d'Artigny, est devenue bien jolie ; car Élisabeth, depuis longtemps, lui avait tout conté.

— Mais, dit Élisabeth, en rougissant un peu, je n'avais pas tort d'en être honteuse l'année passée ; c'était à Paris, et il y avait tant de monde.

— Suppose que tu te retrouvasses maintenant à Paris avec ce même monde et la même robe, penses-tu que la soirée fût aussi fâcheuse ?

— C'est bien différent; à présent, elles me connaissent.

— Mais si elles t'avaient connue l'année dernière, crois-tu qu'elles eussent fait autant de cas de toi qu'à présent, qu'elles eussent toujours voulu danser avec toi, et qu'Eugénie eût trouvé ta robe aussi jolie?

— Je ne le crois pas, dit Élisabeth; et elle rougissait encore, mais ce n'était pas d'une manière désagréable; elle sentait que, si on avait trouvé tout si bien, c'était parce que l'on commençait à avoir de l'estime pour elle : car, on aime à se trouver dans la société des personnes qui se conduisent bien; lorsqu'elles sont modestes et douces, tout en elles fait plaisir, et on les loue de beaucoup de choses qu'on ne regarderait seulement pas dans les autres.

— Crois-tu aussi, reprit madame d'Artigny, que, si tu te retrouvais à présent avec ta robe de toile au milieu de cinquante personnes parées, cela te rendît aussi malheureuse que l'année passée?

— Non, répondit Élisabeth en hésitant; car elle sentait bien encore que cela lui ferait un peu de peine.

— Ne crains rien, lui dit en riant sa mère;
je ne t'y mènerai pas. Il faut, autant qu'on le
peut, éviter de se montrer dans les endroits où
l'on ne peut être comme tout le monde, parce
qu'il est désagréable de se faire remarquer;
mais il faut se conduire de manière que, si
l'on nous remarque par hasard, on ait trop de
choses à dire de notre bonne conduite pour
s'occuper beaucoup de la laideur de notre
robe.

Peu de jours après cet entretien, madame
d'Artigny gagna un procès qui lui rendit un
peu d'aisance. Élisabeth n'en continua pas
moins avec la même activité des occupations
toujours très-utiles dans une fortune médiocre.
Elle se lia plus particulièrement avec Eugénie,
à qui elle apprit à ne se plus moquer des personnes mal mises, et qui, lorsque Élisabeth lui
eut rappelé l'histoire du goûter, voulut avoir
une robe de toile pareille à la sienne.

AH! SI J'ÉTAIS FÉE!

— Ah! si j'étais fée! disait Angélina en lisant une lettre de ses amies qui lui parlait d'une fête de campagne à laquelle elle comptait aller le lendemain et s'amuser beaucoup.

— Eh bien! que ferais-tu? lui demanda madame de Lérac, sa mère.

— Je prendrais mon char attelé de colibris, et demain, en deux heures, je serais à la fête.

— Mais tu n'es pas priée.

— Si j'étais fée, je serais bien reçue partout.

— Peut-être que non; et je ne connais rien le plus désagréable que d'arriver où l'on ne vous veut pas.

Mais ce qui paraissait le plus désagréable à Angélina, c'était d'être contrariée.

— Ah ! si j'étais fée ! dit-elle encore un instant après, comme j'aurais fini, d'un coup de baguette, ma bande de feston, au lieu d'en avoir encore pour une heure !

— Que ferais-tu pendant cette heure? il n'est pas encore temps d'aller à Tivoli, où ton père t'a promis de te mener ce soir.

— Non; mais je n'aime pas, quand je dois avoir du plaisir, à être obligée de m'occuper de mon ouvrage; j'aimerais mieux penser à Tivoli.

— Oui, aller à la fenêtre pour voir si ton père arrive; revenir de là à la pendule, pour voir si l'heure avance : cela serait, en effet, bien amusant.

Angélina n'était pas en ce moment en train de s'amuser; elle laissait tomber languissamment son ouvrage, bâillait et se plaignait du chaud.

— Tu fais, lui dit sa mère, tout comme si tu étais fée et que ton ouvrage fût fini.

— Oui, mais il ne l'est pas, répondit en bâillant Angélina.

— Et il pourrait fort bien ne pas l'être, dit madame de Lérac. Enfin, au bout d'un quart

d'heure, elle avertit sa fille que l'heure avan-
çait; qu'il fallait qu'elle eût fini son ouvrage
avant de sortir; que si son père arrivait et
était obligé de l'attendre, il pourrait bien s'impatienter, sortir sans elle, et remettre la partie
à un autre jour. Cette idée réveilla Angélina,
qui se mit à travailler de toutes ses forces,
trouvant que la pendule allait bien vite. L'heure
sonna, elle n'avait pas fini.

— Ah! mon Dieu, s'écria-t-elle, comme
c'est court, une heure! Et elle tremblait de
voir arriver son père. Il n'arriva heureusement que comme elle faisait le dernier point,
et Angélina toute en nage, mais animée de
l'activité qu'elle avait mise à son ouvrage, ne
pensait plus à avoir trop chaud.

— Conviens, lui dit sa mère, que si tu avais
été fée, l'heure ne serait pas passée si vite.
Angélina, en ce moment, ne se serait pas donnée pour toutes les fées du monde. Elle prit
ses gants, son chapeau, partit avec ses parents
pour Tivoli, où elle s'amusa beaucoup, et elle
dit en revenant :

— Si j'étais fée, j'aurais un palais qui res-
semblerait à Tivoli; les jardins en seraient

illuminés tous les soirs; on y verrait du monde
de tous les côtés, on y trouverait des glaces
dans tous les coins; il y aurait des gaufres
pendues à tous les arbres, des bassins d'eau
de groseilles avec des gobelets auprès pour
puiser, et je m'y promènerais tous les jours.

— Afin de perdre le plaisir que tu pourrais
avoir à t'y promener de temps en temps.

— Tous les jours, maman, ce serait bien
mieux.

— Tu vas tous les jours aux Tuileries, qui
sont bien plus belles que Tivoli; tous les jours,
à ton dîner, à ton déjeuner, tu manges des
choses que tu aimes mieux que les glaces, les
gaufres et l'eau de groseilles, et tu n'y penses
seulement pas. Il en serait bientôt de même
de Tivoli. Tu es bien heureuse de n'être pas
fée.

— Maman, ce ne peut pas être une chose
heureuse que de ne pouvoir faire ce qu'on
désire !

— Encore faudrait-il être bien sûre de le
désirer; et Angélina ne put encore comprendre
qu'il y a des choses qu'on croit désirer parce
qu'un mouvement d'humeur ou de fantaisie

vous empêche d'y bien réfléchir, et dont on
est extrêmement fâché quand elles arrivent.
Elle se coucha et s'endormit. Encore agitée de la
soirée, elle rêva beaucoup. Il lui sembla qu'elle
était avec Ursule, fille d'une ancienne femme
de chambre de sa mère, et qui venait quelquefois jouer avec elle. Il lui sembla qu'Ursule la
taquinait, la tourmentait; ce qui arrivait bien
aussi quelquefois; qu'elle lui arrachait son ouvrage, lui coupait ses livres, battait son chien,
ouvrait la cage de son serin pour le faire en-
voler, et prenait avec cela des airs si moqueurs,
si insultants, qu'Angélina, qui ne pouvait les
supporter, pleurait de dépit, frappait du pied,
aurait voulu la battre; mais Ursule, qui lui
paraissait légère comme un oiseau, était d'un
saut à l'autre bout de la chambre, où elle lui
faisait quelque nouvelle niche. Enfin, dans
son désespoir, Angélina s'imagina qu'elle était
fée, et désira qu'il parût sur-le-champ un dragon pour emporter Ursule hors de la chambre, lui faire bien peur, et même lui enfoncer
un peu ses griffes dans la peau. Elle fit trois
tours avec un éventail qu'elle tenait dans la
main, et que, dans son rêve, elle prenait pour

uné baguette; elle chanta une chanson qui lui
paraissait nécessaire pour achever le charme,
et tout d'un coup elle vit paraître, non pas un
dragon, mais la mère d'Ursule qui courait vers
sa fille, la main levée pour la battre. Ursule
toute pâle, tombe à genoux, les mains jointes
et en demandant grâce : du moins Angélina le
voyait-elle ainsi dans son rêve. La mère d'Ursule lui paraissait furieuse. Il lui sembla tout
d'un coup qu'elle avait à la main un gros bâton, dont elle voulait frapper sa fille. Angélina se jeta au-devant d'elle pour l'en empê-
cher, mais elle lui échappait, comme Ursule
lui avait échappé auparavant, et Angélina la
voyait à tout moment près d'atteindre sa fille,
qui, de son côté, parcourait la chambre à genoux, en demandant grâce. Enfin il lui sembla
qu'elle la prenait par le bras, et levait sur elle
le terible bâton, et Ursule en ce moment avait
l'air si malheureux, qu'Angélina désolée se
réveilla en sursaut en criant au secours.

Sa mère, qui était déjà levée et qui se trouvait dans la chambre à côté, accourut, et Angélina lui raconta son rêve et tout le chagrin
qu'elle avait eu de voir Ursule demander grâce
inutilement à sa mère

— Mais, lui dit madame de Lérac, tu souhaitais de la voir emporter par un dragon; c'était bien pis. Peut-être, il est vrai, ne l'aurais-tu pas désiré si tu avais été éveillée.

— Oh! je vous demande pardon, maman : si j'avais été aussi en colère contre Ursule, j'aurais bien pu souhaiter la même chose. Si vous saviez comme elle était insupportable!

— Alors probablement tu n'en aurais pas eu tant de pitié en la voyant poursuivie par sa mère.

— Je vous assure bien que si. Tenez, cela me fait encore de la peine, seulement à penser.

— Et moi, dit madame de Lérac, sais-tu quel rêve j'ai fait? J'ai rêvé que tu étais grande.

— Ah! maman, cela est presque aussi joli que d'être fée.

— Tu avais des domestiques.

— J'avais des domestiques à moi?

— Oui, mais tu n'en jouissais pas du tout; car, selon ton habitude de croire que la chose qui te passe par la tête dans le moment est ce que tu désires le plus au monde, tu les envoyais courir pour des choses dont tu te sou-

ciais fort peu, et tu ne les avais plus pour celles qui te plaisaient vraiment, ou qui étaient
vraiment nécessaires; de sorte qu'ils étaient
harassés le soir, et qu'ils n'avaient pas fait la
moitié de leur service.

— J'étais une drôle de personne dans co
temps-là.

— A peu près comme à présent, lorsque tu
déranges ta bonne, beaucoup trop complai-
sante, pour te chercher un livre dont tu ne te
soucies plus dès que tu l'as trouvé; quand tu
l'importunes pour t'enseigner un ouvrage que
tu laisses là aussitôt que tu lui as fait perdre
son temps pour te l'apprendre; en sorte qu'elle
ne peut pas raccommoder la robe dont tu as
besoin, et que tu es ensuite désolée de ne pas
avoir, ou bien qu'elle est obligée de retarder
le moment de ta promenade. Dans mon rêve
aussi, je te voyais acheter une chose dont tu
te croyais extrêmement tentée, et en sortant
de la boutique, tu pensais à vingt choses qui
t'auraient plu davantage, et tu t'apercevais
que celle dont tu avais cru avoir tant d'envie
ne te faisait pas, au fond, le moindre plaisir.

— Mais, maman.....

— Mais, ma fille, tu penses que pour voir cela je n'avais pas besoin de rêver. Il t'arriva encore autre chose dans mon rêve. Tu fis connaissance avec une jeune personne ou une jeune femme de ton âge, je ne sais lequel des deux; elle te parut charmante, et le premier jour que tu la vis, il te sembla que tu voulais en faire ton amie intime. Tu lui fis toutes les avances possibles, tu l'engageas à négliger ses autres amies pour te voir davantage; enfin tu l'accoutumas à ne rien faire sans toi, à te venir continuellement chercher et à passer avec toi presque toutes ses journées. Quand cela fut ainsi, cela commença à t'ennuyer; tu t'aperçus que tu ne l'aimais pas à beaucoup près autant qu'il le fallait pour te rendre agréables toutes les obligations que tu t'étais imposées envers elle : c'est à peu près ce qui t'arrive quand tu tourmentes la mère d'Ursule pour qu'elle te la laisse toute la journée, et qu'ensuite tu ne sais qu'en faire la moitié du temps.

Enfin, comme ton amie t'importunait et te dérangeait souvent, comme tu la contrariais quelquefois, en ne voulant pas faire ce qui lui plaisait, il vous arriva de prendre toutes deux de l'humeur, de vous quereller, et enfin de vous brouiller. Dans le temps où tu croyais l'aimer beaucoup, tu lui avais dit tout ce qui te passait par la tête, tu lui avais laissé voir toutes tes fantaisies et tous tes défauts; en sorte que quand elle fut brouillée avec toi, elle allait partout se moquant de toi, racontant à tout le monde ce que tu avais fait et pensé de ridicule, ce qui te mettait dans des colères terribles; enfin, dans un des moments où tu étais le plus irritée contre elle, tu appris une mauvaise action qu'elle avait faite.

— Quelle mauvaise action, maman?

— Je ne sais, mon enfant; dans mon rêve, je ne voyais pas tout cela bien clair. Comme il te paraissait en ce moment que tu la haïssais autant que tu avais cru l'aimer, il te sembla que tu étais bien aise de ce qu'elle avait fait quelque chose de mal, et que tu désirais qu'on le sût. Cependant tu ne le disais pas; mais il arriva qu'une fois, dans un moment où tu étais fort en colère, tu entendis dire du bien d'elle d'une manière qui te choqua tellement, qu'il te sembla que tu avais un grand désir de diminuer la bonne opinion qu'on avait d'elle, et que

tu laissas entrevoir ce que tu savais. On te le
nia, on te contraria : il me parut que tu tenais
excessivement à ce qu'on le crût; alors tu dis
tout ce que tu savais, et en appuyant tellement
sur les circonstances qui prouvaient la vérité
de la chose, qu'on te crut en effet, et que l'histoire que tu avais racontée se répandit dans
tout Paris. On ne parlait pas d'autre chose, et
l'on disait que c'était toi qui l'avais racontée.
Cela fit tant de tort à ton ancienne amie, que
beaucoup de personnes cessèrent de la voir;
et sa famille, je crois aussi son mari, furent si
irrités contre elle, qu'elle en tomba malade de
chagrin. Il me sembla que je te voyais auprès
de son lit : elle était pâle et maigre; elle ne te
disait rien, mais elle te regardait d'un œil
mourant qui me perçait l'âme; et toi, tu ca-
chais ta tête dans tes mains d'un air désespéré.
Il y avait auprès d'elle une personne qui lui
faisait des reproches qui augmentaient son
mal, et j'entendis autour de moi qu'on disait :
c'est Angélina qui a fait tout ce mal-là.

— En vérité, maman, dit Angélina les larmes aux yeux, je n'en aurais jamais été ca-
pable.

— Tu l'as bien été de désirer q 'un dragon emportât Ursule.

— C'était un rêve.

— J'ai rêvé aussi, ma fille, mon rêve est-il plus invraisemblable que le tien?

— Mais, maman, ce n'est point un rêve que vous me racontez là

Sa mère, qui s'était assise sur son lit, l'embrassa en lui disant :

—J'espère aussi, mon enfant, que ce ne sera pas une prédiction.

— Ah! maman, comment pouvez-vous avoir de pareilles idées!

— Tu te corrigeras, je n'en doute pas; mais si, quand tu seras grande et que tu arras plus de moyen de faire ta volonté, tu conservais cette habitude de tout oublier pour la fantaisie du moment, il en pourrait résulter des choses encore bien plus fâcheuses. Puis voyant Angélina attristée par ces idées un peu sérieuses pour elle :

— Lève-toi, lui dit-elle gaiement, et puisque tu as tant d'envie d'être fée, je vais t'apprendre un moyen de le devenir.

— Ah! maman, vous plaisantez.

— Non : tu sais qu'un des grands avantages des fées, c'était de prédire l'avenir

— Comment le pourrais-je?

— En réfléchissant sur les choses que tu veux faire, tu pourrais en prévoir les suites d'une manière incroyable. Essaie, et tu verras si dans quelque temps on ne te croira pas sorcière.

Angélina se mit à rire ; mais dès ce moment, sitôt qu'elle était prête à céder sans réflexion à un de ses mouvements, sa mère lui disait :

— Ah! si tu étais fée!

Quand Angélina était de mauvaise humeur, cela l'impatientait ; mais cela l'avertissait pourtant que la chose qu'elle allait faire pouvait avoir des suites auxquelles il fallait réfléchir, et elle y réfléchissait malgré elle. Elle en prit insensiblement l'habitude ; et la première fois qu'elle s'arrêta d'elle-même au milieu d'une fantaisie, en songeant à ce qui pourrait en résulter, sa mère l'appela la fée Prudente.

FIN

Limoges. — Imp. E. ARDANT et Cᵉ.

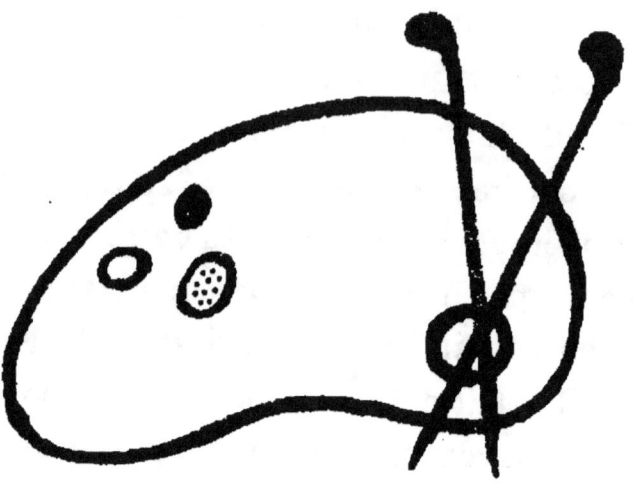

Original en couleur

NF Z 43-120-8